KB099424

동경

동경

최정진 시집

창비

차례

제1부

나는 너의 어디에 닿은 걸까

첫 발의 강요

발을 만지는 게 싫으면
그때 말하지 그랬어
외로워서 얼굴이 굳어가잖아
너의 집 앞에 다 왔어
창문을 열어봐
다리가 풀리기 시작했다
참을 만큼 의자를 참았다는 듯이

버스의 탄성

나는 너의 어디에 닿은 걸까 버스가 급정거한 순간 소리 위로 정교하게 쓰러질 듯

너를 밀어버렸지만 쓰러진 건 너와 내가 아니었다 당겨지는 귀를 내 팔이 붙들고 있었다 내 팔은 방아쇠를 당겼는지도 모른다 날개를 젓는 새처럼 귀가 많게 보였을지도

버스가 급정거한 순간 잠들고 싶은 집을 떠올렸는지도 너의 비명은 너의 다짐인지도 모른다 버스는 더 빠르게 지나갔는지도

버스가 멈추고 무언가 두고 온 건지 튕겨나간 건지 끌려가는 건지 알 수 없었지만 네가 멀어지고 있었다

로션의 테두리

로션을 바르다가 나는 시작된다 이것을 내 체취라고 생각하면 머릿속은 새하얘져서

네가 내 생활을 견디지 못하고 있다 소리가 쏟아지지 않게

인사를 한 만큼 얼굴은 당겨졌다가 견고하게 어디론가 베개에서 겨우 손을 놓은 냄새가 맡아지기 전에

맹세와 다른 체취를 맡아본 적이 없게

내 답은 겨우 문을 열었다 닫지만 내 불안이 가본 적 없는 곳을 지나간 곳으로 만들기 전에

도착을 거부하고 있다 용서가 잊었던 용서를 생생하게 겪게

가능성의 엉뚱한 핑계가 아프든

네가 다시 보이든. 누가 유리를 의식하든. 극장에서 꺼내
면서 줄거리가 구겨지든.

두 눈은 보고 있다

육중한 자동차가 네 앞에서 서서히 방향을 바꾸든. 손은
손잡이의 분위기에 못박혀 떨고 있다

너의 역할이 잘 움직여지지 않든.

극장에서 꺼낸 줄거리를 찢어서 얼굴의 땀을 닦든. 네 얼
굴이 굳기 전에는 신경을 쓰지 않은 것이 중요하다

문제가 답이든.

대담한 연결
관심

　상자를 흔들고 흔들어보는 우리의 재미에

　과녁은 명중되길 기대했다는 듯이 막혀 있다 이야기를
들어주는 데 거침이 없다 아무것도 와닿지 않나봐

　네가 남들처럼 보이지 않는다 웃으면 눈알이 돌아간다
우겨넣은 손가락이 빠지지 않아서 시위를 자꾸 당기나봐
등을 구부리고 한쪽으로 과녁들을 미나봐 안기려고

　안긴 사람을 밀어내고 있다 방이 부풀다 미칠 만큼 승강
기가 추락할 만큼 떨고 있다 궤도를 돌아가는 계량기의 바
늘처럼

　풀 수도 버릴 수도 없는 상자가 네게도 있겠지? 네 목소
리가 듣고 싶다

　더는 내려갈 수가 없다 너와 이을 말이 더이상 떠오르지
않는다 세면대에 얼굴을 띄우고 늘 해오던 세수가 어려워

지고 있다 물속에서 눈을 뜬 채로

　어른대는 그림자에 돌아보다 부딪히기를 기다리나봐 등 뒤에 꿈이 있다고 믿을 뻔했다

　우리가 같은 꿈을 꾸고 있다고 거의 믿을 뻔했다

내 몸 안의 반지층

나는 눈을 감고 있었다 뼈가 헐거운 새가 울다가 텅 빈 곳으로 날카롭게 날아갔다

욕조에 담긴 내 몸이 물을 더럽히고 있다 뼈는 내 몸 안에 부풀린 딱딱한 거품이다 나는 내 방의 여러 구석에 나뉘어 있고 방은 자꾸만 비좁다

나는 어디서든 머리를 기대고 쉽게 잠이 들었다 잠에서 깨면 빠져 있을 머리카락 몇올을 그대로 두고 왔다

욕조에 누워 책을 읽는데 욕조 밖으로 뻗은 발이 시리다 창밖으로 무덤이 보인다 내가 몸을 씻는 높이에 누군가 죽어 있다 이 높이에서 애인과 나는 옷을 벗는다 이 높이의 욕조를 향해 새들이 날아오르고 있다 나를 지나갈 것이다

머리카락 몇올은 내가 잠들어 있는 동안만 내 곁에 와서 나를 안쓰럽게 쓰다듬다 간 손짓인가

욕조로 쏟아지는 물을 보면 계단은 중간에서 차오른다

건너뛴 심장박동
첫과 처음의 사이

머리맡에 전화기가 있다 모두가 무서워할 만한 이야기를
참고하면

오늘밤에 골목에서 목을 돌아보는 입김과 부러질 하이힐
이 상상되게

불 꺼진 너의 집 창문을 둘러보다 비켜서게

그는 조용히 있어 부르지 마 정각과 물 한 컵과 비상벨과
메모장을

머리맡에 전화기가 있다 대화중에 유리를 보며 얼굴을
고치다가 어디론가

골목에서 두 사람이 자조같이 무언가의 시도같이 걸어
가게

닿을 만한 거리가 강조되게 아무도 알아듣지 못할 이야

기를 참고하지 않으면

　골목의 냄새가 주차장까지 이해한다는 듯이

피아노

벽이 두꺼운 연습실에 놓여 있었다
그녀는 오랫동안 오지 않았다 새로 연습실을 쓰는 사람
들은
빛이 나게 먼지를 닦아주었지만 너 따위 이제,
입술을 깨물고 악보로 날 때리지는 않았다
문을 닫기 전에 슬픈 눈으로 날 한번 더 보지는 않았다

밤에만 오던 그녀가 내게 기대고 책을 읽을 땐
이제는 없는 가지라든가 나뭇잎을 떠올리며 그늘을 드리
워주곤 했다
그녀가 나가면 지나고 있을 복도 쪽을 향해
집에서 키운다는 고양이의 울음을 울어보곤 했다
복도 끝에서 귀를 기울이는 것 같았지만
발소리가 그녀를 끌고 가고 있었다

오랜만에 연습실을 찾은 그녀는 야위어 있었다
몇해가 지났지만 입은 옷의 색깔이라든지 머리 모양은
그대로였다

그대로여서 야위어야 했을까

그녀는 날이 밝도록 벽을 보는 날들이 늘어갔다

울리지 않는 전화기를 한참 바라보다

내게 몸을 엎드린 날이면

그녀의 감은 눈에서 물이 흘러나왔다

그 물은 뜨거워서 그녀 스스로 훔치지 않길 원했다

나는 기억을 되살려 눈을 가려주는 것밖에 할 수 없었다

펭귄과 달의 난방기

내 방의 옷장에 그녀를 들였다 옷장 속으로 날씨들이 사라져갔다

그녀를 만난 곳은 강변이었다 옷을 잔뜩 껴입은 네 몸이 참 뜨겁구나, 그녀에게 벗어준 장마는 한동안 내가 앓던 감기였다

달이 커졌다 작아졌다 달이 녹았다 얼었다 달을 지나다 눈보라가 일면 혼자만 리코더를 불지 않고 입에 물고 있던 음악시간이 떠올랐다 리코더는 옷장에 걸어둔 옷처럼 속이 텅 비어 있었다 음악은 갇힌 곳에서만 좋게 들려왔다

그녀는 내가 차례로 옷을 벗는 것을 좋아했다 그녀가 방의 불을 끄면 나는 눈보라를 벗어 바닥에 두었는데

나를 벗으려고 하면 몸에서 자꾸 이상한 물이 흘러나왔다 리코더가 화살촉에 박힌 통증 같아서 어린 나는 불지 못하고 교실에 혼자 남아 있곤 했다 뼈가 땅속을 밝히고 있었다

밤이면 그녀는 내 옷을 입고 강변에 앉아 있곤 했다 나는
그녀를 보지 못하고 그녀가 껴입은 내 옷을 알아보았고

나를 부르는 소리에 자주 강변으로 불어갔지만 아무도
나를 알아보지 못했다

햇살 속에서

골목은 집요하게 뻗어간다

찢어지거나 어지러운 부위에서
아무것도 남지 않는 마음까지

발자국들이 서 있는 밤의 운동장에서
손가락으로 그린 발자국의 윤곽이
전류로 보일 때
나는 따뜻함을 느끼네
그건 내게서 무언가 식고 있다는 증거
자꾸 발에 땀이 고인다

무성히 겹쳐 있는 발자국들은
가리키는 방향이
한 걸음 전의 자기 발자국과도 달라서 아름답네
흘린 땀과 흘릴 땀을 모아 비춰보면
내 얼굴은 불타고 있을까
나와 상관없는 곳에 흘러가 있을까

모든 다른 자세로
같은 말을 반복하는 촛불처럼
땀의 일을 서늘함이 대신할 때까지

밤의 운동장에 나를 올려두고
한 줄의 잠, 트랙을 따라
아침을 확인한 순간 목을 돌려 먼 곳을 본다

탁자

해가 뜬다 뒤늦게 오는 사람처럼

탁자는 내게 해안 끝없이 배가 비켜가지

물이 불었다 줄었다 하는데 가슴을 기대고 있는 탁자의 모서리를 밀면 네게는 차오르는 게 있고 내게는 잃어버린 게 있을까

물잔을 두 손으로 꼭 쥐고 있었다 물은 불었다 줄었다 하는 건데 물이 사라진 곳에서 빛나는 건 누가 던지고 간 동전일까

어제도 달은 휘청대고 있었다 등을 돌린 순간 나는 이 세상의 가장 뒤에 있는 사람 같았다

탁자로 덮어둔 곳은 외로운 곳이었다

그의 각오

우리는 정지한 걸까 무언가를 밟고 있는 것처럼 과속방지턱 앞에서 차의 속력을 높여보았다 완전히 떠날 수 있다면 누구도 다가간 적 없는 사이지만 거기만 비어 있었냐고묻고 싶다 견딘다고 생각하면 무슨 짓이든 저질러도 좋을것 같다 과속방지턱은 어디든 있고 낮고 얼얼할 만큼 좁다만지고 때리고 쓰다듬을 때에도 엉뚱한 누군가를 떠올리겠지 훌륭하고 멋진 것들을 모아왔겠지 우리는 아직 부러지지 않아도 좋다 나의 조금 너의 조금 우리의 전부를 생각하면 오늘 내가 연 문과 닫은 문의 개수가 같을까봐 무섭다우리에겐 어떤 일도 벌어질 수 없을지 모른다

제2부

문을 열다 놓고 문을 닫다 놓고

한순간 정적이었다

　아슬아슬해 튀어오른 스프링은 바닥이 꺼지나봐 움츠렸던 목이 펴지나봐 당겨졌던 머리가 움츠려지나봐 스프링은 가로와 세로가 될 때까지

　가로와 세로가 되어 그림자와 헤어지려고 제자리뛰기를 시작했다 끝까지 당기려다 끊어진 그네는 더 멀리 솟은 적도 많았는데 달려나가고 있었다 가장 높은 바닥으로

　떠오른 얼굴이 있었다 제자리뛰기를 그칠 수 없을 때까지

양초와 우산

나는 줄어드는데 너는 귀 기울이지 않고
나와 닮은 것들만이 발목을 휘감고 자라난다

씨앗이라는 말은 독하다 여태 발을 갖지 않고 살았으니
몸이 바닥을 데우지만 엽록소를 갖거나 뿌리를 뻗어 바위
를 부수고 싶지 않다 나부낀다는 말의 배후에는 태풍이 자
라고 있으므로 가구들의 그림자가 나를 중심으로 모여들기
시작한다

여전히 양초가 나인가 생각했는데 몸이 펼쳐지지 않고
녹는 건지 굳는 건지 모를 불투명한 구름이 되어 머리맡을
떠돌고 싶다 몸은 닿지 않았는데 그림자 한 방울 묻었던 걸
까 날 스쳐갔던 네가 서 있다

동경 1
조각의 기분

우리는 골목에서 공평하게 나뉠 때 억울해

무언가 지킨다는 듯이

다니지 않는 길이 줄어들고 있다

내가 데려다준 사람과 나를 데려다준 사람은 달랐다

너의 집 앞에서 나의 집 앞까지

항상 짖던 그 집의 개가 더 짖으면

잡지 않은 손까지 놓쳤다

어떤 발소리든 조각의 기분으로 되돌아와

정오부터 밝아지고 자정부터 어두워지기 시작했다

나의 집 앞에서 너의 집 앞까지

큰 소리를 치고 작은 소리를 뒤지고 다녔다

밤중에 옆집의 비명이 사라지면 서서히 외로워졌다

네가 비명을 지르면 지나쳤고 비명을

삼키면 너를 의심했다

나는 너를 지나 너의 집 앞까지

혼자 걷는 오후의 골목은 봄볕조차 서늘해

사람들은 어떤 각도로 가려졌을까 궁금해지자

너와 나의 집이 이어졌다

먼 곳을 울리는 벨소리에
계단에서 나는 눈을 크게 떴다

동경 2

골목에서 거리가 어떻게 높이를 따돌릴 수 있겠어

동경 3
것의 문제

극장에서 누군가 생각을 물어보았다 그를 예전에 좋아했어?

문제가 위와 같으면 겪은 것을 겪게 겪게 겪게 하면서 사과가 깎이지만

손가락을 손가락 한 개를 걸고 있어 그를 예전에 좋아해서 힘이 들어?

지금 여기를 비우는 중이야 너를 위한 영화가 아니야 누군가 코앞에서 극장을 가진 것같이 굴어보았다

문제가 위와 같으면 누군가와 눈에 눈을 맞추고 돌아설 때 더 텅 비게 내가 드러나지만

기다리면 이전보다 채워져 있다 문을 열다 놓고 문을 닫다 놓고

동경 4
것의 거리

차에서 내리는 그의 어색한 자세
피팅룸과 주차장을 오가다가 우리는 찾았다
하얀 화살표 같은 것의

그가 부족해 보인다는 네 이야기 옳더라
그가 들여다보이는 것과 손쉬워 보이는 것이
같게 쓰이는 이유는 모르지만
모두가 비우고 모두가 보는 그의 자세

높낮이와 앞뒤를 맞추는 우리의
두 발을 모으면 무언가 드러나 있었다
여기가 더는 없을 주차장이라는 식으로 걸었다

차가 지나가고 목소리가 들려온다
그가 비운 것을 그가 갖춰야 한다고 외친다
추스른 만큼만 쏟지 않았다고 믿으면서
우리는 시작부터 아무도 볼 수 없는 자세를 찾았다

누군가를 다루려던 것이 되지 않으려다가
너를 우리라고 부를 줄은 몰랐다

동경 5
시작 노트

사람의 얼굴을 마주보지 못하고 있다

내가 믿는 시와
꿈꾸는 시와
쓸 수 있는 시가 모두 달랐다

그곳은 음악이 지나치게 크다
목소리가 들리지 않는다

그들이 그곳에서 나오지 않기를 바란다

그곳에선 원하는 만큼 팔을 모을 수 있고
모은 팔과 모은 팔이 닿지 않는다

어떤 동작을 취해도
아무것도 드러나지 않는다

무엇도 속일 수 없는 중에

장갑을 갖고
손가락의 역할들을 나눈다
그들이 그곳에 흩어져 있기를 바라고 찾는다

그곳은 너무 낮다
목소리보다 발소리가 먼저 도착한다

속옷

불빛은 많은 것을 부풀린다
더이상의 말은 불필요한 순간

얘기하고 싶어
가장 늦게 벗고 가장 먼저 입는 속옷에 대해
베란다 밖으로 속옷이 날아가고
너는 미친 듯이 계단을 내려갔어
다른 동네까지
일년 후에 돌아왔어
다른 동네까지
한 서랍 속의 다른 속옷들을 좇아

불빛이 닿을 때 창은 참았던 숨을 터뜨리는 것처럼 보였어
더이상의 말은 불필요한 순간에도
속옷을 벗고 입는
짧고 긴 중간에 대해

비어 있던 방이 타버렸다는 건 무슨 말일까

너는 어디까지 이어져 어디에서

다른 동네가 될까

그을음이 벽을 타고 흐르며 개처럼 짖어요

누가 우리집을 불태웠어요

여전히 눈부신 햇살이 비치는 집에서

바지를 입고 셔츠를 입고 외투를 걸치는 날들 속에서

네가 앉았다 일어난다

다 쓴 잎을 자기 발에 버리고

더 쓸 잎을 가려내는 나무 옆에서

경이로운 강습소

그녀가 내게 약속한 것은 무성한 잎이었다 건물 구석에서 눈을 떴을 땐 밤이었고 내게도 내 모습이 보이지 않았다

나는 처음에 물이 되었다 나는 열이 났고 그녀는 내게 금방 낫는 감기라 했지만 그녀는 춥다면서 내 앞에서 자꾸만 옷을 벗었다

많은 사람들이 나를 드나들었다 나를 강물이라 여긴 사람들은 수면 밖으로 튀는 물고기 이야기를 내게서 들었다 나를 구름이라 여긴 사람들은 창가에 기댄 채 낮은 곳을 디디며 흘러가는 소리의 지름길을 내게서 보았다

나는 소리를 떠나 피아노가 되었다 새의 날개는 창밖에서 자꾸 제자리로 돌아갔고 덮개를 열어보면 피아노 안에서 비가 내리고 있었다 나는 피아노였지만 들판에 놓인 고인돌이었으며 옥상의 빨랫줄에 며칠째 걷히지 못하고 나부끼는 팬티에서 마르는 무늬이기도 했다 뭐라 불리든 상관없었다

그녀는 건반을 누를 때마다 내게서 무성히 나부끼는 잎을 음악이라 부르며 내가 어느 곳에나 있게 되었다고 했지만

건반을 만져보면 슬픔은 굉장히 딱딱한 모습을 하고 있었다

드라이

1

비가 그치고 장이 파하면 텅 빈 장터 움푹 꺼진 곳마다 물웅덩이들만 남겨졌다 구름을 따라 이동하는 행상에서 뒤처진 자들 파문이 기와지붕의 무늬처럼 제자리에서 일렁이면 나는 일기장을 한 장씩 찢어 접은 종이배를 수면에 띄우며 놀았다 찢어낼수록 일기장이 얇아져서 나는 쉽게 잠이 들어버렸는데 마른 웅덩이 바닥이 사나운 꿈자리처럼 쩍쩍 갈라지는 밤마다 아버지는 가라앉은 종이배를 인양해와서는 퉁퉁 불은 글자들을 내 잠에다 파도소리로 속삭여주었다 그때마다 두터워지는 기억을 말랐다가 젖는다고 불렀던 것은 서랍이 뒤척여서가 아니라 서랍 속의 일기장이 습기를 삼키는 소리 때문이었다

2

장날이면 세탁소의 드라이 기계 속에서 통이 돌았다 아버지는 드라이 기계를 옮기던 어느날 통에 깔려 허리가 접혀버렸는데 척추가 삐뚤어져버려서 그만 갱지 같은 방에 누워 디스크를 앓았다 밤마다 방에서 들려오던 신음소리

속에서 옆마을 새댁은 나를 훔쳐갔다가 꼬박 하루 만에 집으로 되돌려주었다 내 몸을 감싼 강보에 번져 있던 축축함은 요즘도 내 눈 밖으로 눈물이 되어 나오는데 자꾸만 가늘어져가는 아버지 몸과 드라이 기계를 번갈아 볼 때마다 나는 저 둥근 유리뚜껑이 심해로 가라앉고 있는 잠수정의 창문인지 하늘로 날아오르는 비행기의 창문인지 유리뚜껑의 통 안에서 비누거품과 섞여 맴돌고 있는 저 옷자락들이 비늘 몇개를 떨어뜨린 물고기인지 방금 막 구름 밖으로 부리를 내민 새인지 수압 속에서 옅어지는 게 나인지 희박한 공기중에서 부푸는 게 나인지 구분되지 않았다

유리창

내 시선을 끄는 것은 창가였어요 내 입김이 나를 가렸어요

졸리면 그녀는 내게 전화를 해요 이불로 몸을 여미듯이 그녀는 천천히 잠들어갔어요 내 방도 내게서 멀어져갔는데 달아오른 귀에 땀이 고이고 있었어요 내가 키우는 새는 내가 내 방에 부풀린 거품이에요 나는 내게 묻어온 먼지였죠 나는 창문을 열고 손을 털어요

나는 등이 아닌데 누가 지나갈 때면 꺼졌다 켜졌다 했어요

그녀는 창가에 있었어요 창가에 나도 있었어요 눈이 마주치자 우리는 동시에 외면했어요 창문은 어디서든 조용해요 내 일기장에서 그녀가 한 줄로 늘어나고 있어요 새는 날아가지 못하고 창가에서 몸을 부풀리고만 있어요 계속 통화중이에요 쩍쩍 금이 번지고 있어요

내 방의 불이 켜진 순간 처음 본 사람이 창가에서 날 보고 웃고 있다면

통명

부은 얼굴을 참고한다

누군가 헤엄쳐나올 것 같은
지하주차장의 어둠으로부터

그가 각자를 죽이려고 주차장에서 그들을 기다린단다
그가 더는 정적을 찡그리지 않는단다
그를 불러모은 친구들이 어색하게 어색해한단다

자정에 내리막길을 내려가다가 그 광경을 그가 보았단다
무언가 끊어지는 소리가 울려온단다
목덜미를 오린다는 듯이
지금 불이 꺼진 창과 지금 불이 켜진 창이 이어지게 비켜
선단다

썩지 않는 냄새로부터

제3부

그럴 때 내 손에 쥔 것은 왜 칼인가

격렬한 자격

오늘 종이가 부러질 것 같다 그것은 무거운 상자에 가까 웠다 가벼운 상자를 들면 팔이 나른하게 풀리는 것은 나는 그쯤에서 시작되었다 차가운 음료가 무언가에서 어딘가로 어딘가에서 무언가로 바뀌는 것이 그 위를 얼얼하게 오가 는 네 손가락을 보았다 괜찮지 않아도 좋다 네가 믿는 만큼 나는 우스워진다 한쪽 무릎은 계속 펼치려 한다 한쪽 무릎 은 계속 구부리려 한다 내 손은 닿는 것부터 제외할 것이다 부딪히지 않는 중에

기울어진 아이 1

세탁소가 딸린 방에 살았다 방에 들여놓은 다리미틀에서 엄마의 품에 안겨 잠들었다 내 몸의 주름은 구김이 아니라고 말했지만 엄마는 다림질밖에 몰랐다 엄마의 품에 안겨 다려지다 어느날 삐끗 뒤틀렸는데 세탁소 안에서 나는 구부정하게 다니는 아이라고 불렸다

다린다는 말은 주름을 지우는 게 아니라 더 굵은 주름을 새로 긋는 문제였다 수선된 옷들이 마지막 누운 곳은 다리미틀 위였다 뜨거운 것과 닿으면 닳은 곳부터 반짝거렸다 오래 입은 옷일수록 심했다 엄마는 밤마다 어딜 가는지 브라더 미싱 앞에서 드르륵 어깨를 떨었지만 우는 게 아니었다 꿰맨다는 말은 상처를 없애는 게 아니라 얼마나 잘 가리느냐의 문제였다 엄마, 엄마 가슴에 난 구멍은 얼마나 크길래 날 실통에 걸어야 했나요 나를 돌돌 풀어 가슴에 안아야 했나요

천장엔 옷가지가 우거졌다 바스락거리는 소리를 바닥에 흘려두면 주머니 속의 새들이 쪼아먹었다 엄마, 주는 대로

먹지 않는 헨젤에 관한 동화를 읽고 싶어요 뼈다귀를 내밀기 전에 끝나는 동화 말이에요 밤의 세탁소 깜깜한 비닐의 숲을 헤치고 다가가면 엄마는 내 바지의 밑단을 늘여 내밀었다 짧아지지 않는 바지 안에 갇혀 내 몸은 부풀고 부풀기만 그러다 세탁소 밖으로 뻥 터져버렸는데 그 후로는 얇은 바람에도 어깨를 떨어서 지금껏 너덜너덜한 등을 가진 아이라고 불린다

세탁소가 딸린 방에서 나는 밤마다 기울어졌다 엄마, 내 몸의 기울기에 맞춰 몸을 숙이지 마라 방에도 걸음걸이가 있는지 바짓단에 얼굴처럼 곰팡이도 한쪽 벽에만 핀다 세제의 기울기가 달라서 얼룩도 때로 빠지는 정도가 다르다 지구에서 잠드는 우리는 제각기 다른 별의 중력을 한 자루 가득 꿈속에 담아온다

피의 설치 1

나와 너를 제외하고
우리를
바꾸려는 힘은 빠지지 않는다

아파하는 것은 여려서
얕게 박힌 유리를 손끝으로 쥐고 있다가
놓았다,
오늘 유리가 박힐 것이다

잠겨 있던 멍이 떠오른다
아파하는 것은 여려서
더 여린 것을 볼 때까지 그것이 울음이기를 바란다

기울어진 아이 2

춤

밤이면 댄스학원에 갔다 거울로 된 벽 앞에서 춤을 배웠
다 박자를 놓쳤다고 해서 왜 내 몸의 스텝이 문제 되는지
댄스학원에서 나는 땀을 안 흘리고도 얼굴을 붉히는 아이
라고 불렸다

춤은 스텝을 밟는 게 아니라 퍼즐을 맞추는 문제였다 스
텝이 꼬이면 작은 퍼즐 조각들이 와르르 쏟아져내렸다 맞
지 않는 조각 하나에 골몰할수록 내 몸은 굳어갔다

선생님에게 깨진 거울은 치우는 게 아니라 퍼즐을 하나
찾아 끼우는 문제였다 선생님, 춤을 추면 옷이 나를 조여요
금이 간 거울로 된 벽은 얼마나 차고 깊길래 나를 자꾸만
거울 앞에 세워야 했나요 거울의 깨진 구멍에 내 몸이 딱
들어맞기는 하던가요

거울 앞에 서면 내 등 너머의 옷장이 비쳤다 옷장은 언제
나보다 거울 깊이 들어갔을까 춤은 내가 추는데 새 울음은
거울 속 깊이 옷장의 열고 닫는 문에서만 들려왔다 선생님,

옷을 갈아입으면서 날갯짓하지 않는 춤을 추고 싶어요 붉은 녹이 껴도 울음이 커지지 않는 춤 말이에요

새 울음을 따라 음악이 학원 가득 땀냄새처럼 울려퍼졌다 퍼즐 조각 하나를 찾아 끼우지 못해 나는 가만히 있어도 몸에 금이 번지는 아이라고 불렸다

거울로 된 벽 앞에서 춤은 퍼즐을 지나 미로에 가까워갔다 내가 스텝을 밟지 않았어도 퍼즐 조각들의 사이가 저렇게 깊어졌을까 댄스학원에서 박자를 놓친 밤이면 나는 왜 몸치가 아니라 얼굴을 붉히고도 노래를 못 부르는 아이라 불리는 걸까 아아, 입을 벌리고 밤하늘을 보려면 나는 별들의 미로부터 지나야겠다

피의 설치 2

　우리의 볼륨은 쓸어내도 쓰러졌던 자세로 고인다 우리는 모이고 더 모이면서 낮아져간다 텅 비어 있는 발자국은 모두 다 다른 곳을 밝혀도 같은 곳이 켜진다 아주 조금 그곳을 지나온 우리의 꼭 쥔 얼굴은 무능하게 영향을 미친다 지금 생긴 감정은 그나마 반에 무서운 미소를 갖고 그나마 반에 초점을 잃는 눈을 갖는다 코의 통증은

기울어진 아이 3
물류창고

아버지가 물류창고에 들어가 문을 잠근 날이면 나는 집 앞에 앉아 작은 눈사람을 만들었다 시린 손에 입김을 불고 있으면 집 앞을 지나던 사람들이 눈길에 고꾸라지곤 했는데 넘어지는 게 아니라 바닥에서 떨어지는 것처럼 보였다 바닥도 가파른 벼랑이라서 사람들은 손을 뻗어 힘껏 매달리곤 했다

창고의 물류들은 부서져 있었다 창고 안을 기차 소리가 통과해갔다 아버지는 멀리 떠나는 것일까 나는 잠긴 문 밖에 매달려 울곤 했지만 집에서 떠난 것은 물류들이었고 아버지는 밤새 길을 잃고 헤매다 눈이 쌓인 산이 한 상자 가득 담긴 창고의 창문 아래서 쏟아져들어온 빛 더미에 깔려 있었다 방으로 실려와 고열에 시달리던 아버지 이불은 밤의 호주머니 같아서 아버지의 몸을 주워담고 동상을 앓는 손가락의 푸른빛을 가렸다

창고에 들어가면 한참 나오지 않는 아버지가 미워서 나는 동네 입구의 공중전화에서 집에 장난전화를 걸곤 했다 어느 날은 불러도 대답이 없었는데 아버지는 정말 떠나버린 것일까 순간 아버지는 등뒤에서 전화 박스의 문을 당기고 있었

고 문을 당기며 나는 버텼다 전화 박스의 바닥으로 눈이 녹아 흐르고 있었다 창고에서 들려오는 물류들이 부서지는 소리는 자신을 버린 것들에게 아버지가 조난 직전에 타전한 모스 부호였지만 내 귀는 집 밖의 소리에 더 곤두섰다

물류창고에서 아무런 소리도 들리지 않는 날은 옷들을 염색하는 날이었는데 아버지는 창고에 가득 찬 약냄새에 취해 쓰러져 있곤 했다 잠이 드는 게 아니라 물드는 어둠에 정신을 잃을까봐 나는 밤이 샐 때까지 방의 불을 켜두었다 앓는 소리로 올라야 하는 것은 산이 아니라 꿈이었고 아버지는 몸을 엎드린 채 암벽을 오르는 자세로 필사적으로 잠에 붙어 있었지만 아버지의 몸이 이불 밖으로 나온 손을 데리고 달아나는 동상을 뒤쫓고 있는 것처럼 보였다 손가락의 푸른빛은 물류들에게서 물든 것이었다 나는 조그만 눈사람을 다 만들면 창고에 두었는데 창고 안에서 녹는 것이 눈사람이 아니라 나임을 문을 열어보지 않아도 알 수 있었다

피의 설치 3

그런 점이라면 내게도 있다
그렇게 내가 너를 이해할 수는 없잖아?
낮과 밤이 하나의 코를 지나간다
한 코의 낮을 한 코의 밤을 보았다
급커브 중에 혼자 걸어나온 듯이
생살보다 더 생살 같은 살점을 밟고
발을 잃고 눈마저 잃을까봐
신호가 바뀐다 충돌은 비켜간다
낮과 밤이 다른 코를 지난다는 듯이
저녁엔 잘 수 있을 거야 자정에 쓴다

낮과 밤에 안 보이던 것을 집어넣고 찾는다

기울어진 아이 4

나는 바다에 빠져 죽어서 눈물이 푸르다

처음엔 발이 닿았는데 물이 차기 시작했고 금세 보이지 않는 몸 잠긴 만큼 내 몸이 물속에서 제멋대로 날아다녔다

밤에 이불을 덮으면 그 순간이 떠오르고 또 네 생각이 난다

네 생각에 잠기면 또 눈에 눈물이 고여서 방의 천장도 창밖의 골목도 일렁이기 시작한다

넘겨지는 소리를 지느러미로 나부끼면서 글자들은 책장 너머로 쏜살같이 헤엄쳐가고

거북의 걸음이 느려 보이는 것은 이 순간이라는 지명에 거북이 가장 먼저 도착하고 있어서다

꿈은 두근거리는 시간이 길어야 한다 혼잣말을 쏘아올리

면 수면에 닿아 사라지는 공기방울은 왜 떠올라야만 하는
걸까

　속이 들여다보이는 어린 물고기들 그들은 내가 가닿아야
할 이 순간을 향해 나보다 앞서 있어서 작고 한없이 투명해
보였다

　네가 그리운 밤이면 나는 옷을 벗고 내 알몸에 푸른 물감
을 붓는다

　온몸을 붓으로 내가 빠져 죽은 바다를 하룻밤만큼 방의
벽에 그린다 그 자리에
　창문을 걸어둔다

　이불을 덮고 우는 나를 보면 내가 그린 바다를 뜯어먹고
있는 것처럼 보였다
　물감이 범벅이 된 얼굴로

우는 내게 너는 손등을 들어 푸른 눈물을 훔치라고
눈을 뜨라고 했다

기울어진 아이 5
눈의 서랍

창가에서 보면 어디든 가려진 곳이었다

네 앞에서 옷을 벗으면 벼랑이 태어났다 내가 벗은 옷들이 멀리 흩어져 내가 헤치는 숲이 되어갔다

창밖의 나무는 무성한 잎들을 서랍처럼 열어놓고 제 속을 뒤지고 있다 아이는 나무 곁에 신발을 벗어두었다

신발을 벗고 오른다고 아이가 나무에게 다가갈 수 있을까 신발과 나무만 보이는 시간이다

나는 네 방의 창가에서 너를 기다렸다 너는 창밖에서 창에 비친 나를 향하고 웃었다 창에 비친 나도 나를 향하고 웃었다

가장 먼저 더러워지는 건 창문이었고 깨지는 순간 우리는 아무것도 볼 수 없었다

선풍기와 달의 뙤약볕

구름으로 옮아온 달빛이 비가 되어 쏟아지고 있었다

오늘은 한 손에 선풍기를 들고 방에 왔다 세 든 방을 떠
내려보내려고 바다로 난 길을 향해 옥상에서 신발을 벗어
던지곤 했다

너와 앉아 있던 포구 끝에서 혼자 밤을 새워보았다 시체
한 구가 바다에서 떠오르고 있었다 시체는 밤을 지나는지
검었고 기슭에 닿아 뒤치는 소리가 막 태어난 새끼고래의
울음소리에 가까웠다

시체는 목이 떨어지고 없었다 회전하는 달의 날개보다
빠른 속도로 바닷물이 불어갔다 불어왔다

안팎이 구분되지 않는 귓바퀴는 이미 바다로 빨려들어
가고 없었고 시체의 목 없는 목구멍 속에서 물고기 한 마리
꼬리지느러미를 흔들며 몸속으로 헤엄쳐갔다 그럴 때 내
손에 쥔 것은 왜 칼인가

선풍기 앞에 앉아 머리를 말리는 표정으로 달을 보며 나
는 무슨 생각을 한 걸까 다시 포구에 다녀온 그날 밤새도록
비를 맞았고 고열에 시달려야 했다 뒤척일 때마다 뜨거운
입김이 내게서 달아나 벽 너머로 불어갔다

　달은 앞면이 아니라 뒷면이다 얼굴을 버린 시체는 바다
를 표정으로 삼고 소금냄새를 풍겼다 옥상 밖으로 신발을
벗어던지던 날들이었다

　한낮의 햇살에 섞인 달빛이 눈이 부셔서 눈을 뜨고는 뙤
약볕을 볼 수 없다

적응

진심으로 얘기를 들으려 할수록
상자는 내용물을 놓치지 않으려고 멀리 흩어져간다
불을 켜면
헤어지고 싶어
더 뽀얗고 더 매캐하게

힘이 가해진 상자에 진심이 칼같이 흐르고 있다
소중한 게 넓어져서
너덜거리는 강철 스프링
그림자에
고정되어서 몸이 더 울려온다고 여길 때까지

진심으로 얘기를 들으려 할수록 귀는 거의 기울여지지
않는다
　소중한 게 얕아졌다고 여길 때까지
　두 손을 오그리고
　자신의 얼굴을 감쌀 때까지

문이 열린 순간 숨부터 몰아쉰다

터질 듯 날이 밝으면 상자는 어느 쪽으로든 모든 쪽이 기울지만

귀를 거의 기울이면 부러워져서

토막나기 전부터 너덜거리고 있다

눈에 띄면 웃고 있다

제4부

너의 입으로 너의 이름을 부르며

숫자를 찾아가는

방들이 집을 부술 듯이 차 있다
옥상은 이상하게 비어 있어
숫자와 맞서고 있다
십자가의 조명이 횟수로 나뉘려 하면
물어봐, 어떻게 해야 할지 모르겠어
그런 생각조차 느껴지지 않게
너의 입으로 너의 이름을 부르며

열차의 윤곽

아이는 뱃속에서 발길질을 배운다

아이는 엄마의 위를 지나는 소리를 듣는다 열차를 타면 잠이 오는 건 그 소리에 자꾸 몸을 울리기 때문이다 열차의 통로에서 아이를 안으려다 엄마는 몸을 구부리고 아이에게 안기고 만다 안개는 산 능선을 녹여 먹는 질긴 뿌리를 가졌다

바닥을 온 힘을 다해 차면서 아이가 엄마에게 다가가고 있다

엄마가 손뼉을 치며 아이에게 손짓을 한다 자신에게 오라는 그 손의 손톱은 구부정한 품 안을 지나서 뒷모습을 가리킨다 아이는 자기를 만지고 싶어하는 손을 따라 곧장 품속으로 들어가 등 밖으로 나가버린다 터널은 늘 비명을 지르고 있다

어딘가를 향하지만 아이는 늘 중간에 있다

놀이터 우주정거장

놀이터의 구석에서 그림자에 흙을 끼얹고 있었다

구름이 드리워지기 시작했다

아무도 울어보지 못한 울음을 찾아 야간비행을 떠나보
자고

고양이 선원의 출항일지 1

울음을 삼킨 밤이면 몸에서 털이 자라났다
누가 날 쓰다듬어주면 등이 따끔거리고 울고 싶어진다

울음을 참는 순간 몸에 자란 털은 바늘에 가까워 보이고
그것의 끝은 나를 향해 꽂혀 있었다

아이들이 놀이기구를 타고 있을 때 양 선장이 되새김질
을 시작했다 놀이터의 바닥에 빗물이 고이고 있었다 벌어

진 양 선장의 입안에서 축축하게 늘어지는 풀들이 내 얼굴 같기도 하고 글자들이 표정을 감추는 수첩의 한 페이지 같기도 했다 이 세상에 대기실이 아닌 별이 있을까

고양이 선원의 보물지도 2

건물들 사이에 드리워진 그늘이 공터였다
흙이 밥이 되기도 했고 그림자는 제일 친한 소꿉친구였다

밤이 되면 연필이 번지는 내 일기장 속에 언제부터 놀이 기구가 들어섰을까

놀이터의 모래사장에서 아이들은 땅을 파고 물을 붓는 법을 무덤을 다지는 법을 머리를 맞대고 앉아 스스로 배우고 있었다

양 선장이 가슴에서 축축하게 젖은 수첩을 꺼내 보여주

었을 때 아이는 발자국을 밟으며 모래사장을 건너고 있었
고 건너편에 닿는 순간 되돌아가기 시작했다 어느 편에 닿
아도 상관없다는 듯이

고양이 선원의 난파일지 3

엄마가 어렸을 땐 공터가 놀이터였다고 한다
놀이기구는 엄마가 공터에 두고 간 우주선일지도 모른다
작동법을 알면서도 엄마는 왜 놀이기구에 나만 태워주는
걸까

밤에 일기를 쓰는 습관이 사람을 혼자 울게 만든다 수첩
의 뒤표지에 고양이 선원 하나가 정글짐에 올라 한참 눈을
빛내다가 사라진다고 쓰는데 제복으로 입고 있는 털을 갈
아입는 고양이의 알몸은 추했다

건물들 사이 놀이터에서 모래성을 쌓았다가 허물기를 반

복하며 놀았다 저녁은 해가 지는 것과 상관이 없었고 엄마
가 데리러 오는 순간이 저녁이었다 집으로 돌아간 아이들
이 이불을 덮고 잠에 들어도 엄마가 데리러 오지 않아서 혼
자 놀이에 머물러 있던 저녁이었다

　놀이터에서 골목으로 걸어나왔을 때 가로등 밑에서 혼자
울고 있는 엄마를 보면 가로등이 나를 데려오려고 엄마가
타고 온 비행접시로 보였다 낡긴 했지만 가만히 떨고 있는
것을 보면 이 세계가 낯선 것은 가로등에게도 마찬가지인
모양이었다

고양이 선원의 귀환일지 4

집에 가고 싶다고 말하면
어디론가 떠나고 있는 기분이 든다

다 쓴 수첩은 더이상 품속에서 열을 내지 않는다 빈 종이

는 아직 타고 있는 것이다

수첩을 꺼내 읽어주는 양 선장에게 자라서도 왜 일기장
을 갖고 다니느냐고 물었다 자라서도 왜 놀이터에서 연애
를 하고 자라서도 왜 놀이터에서 이별을 하느냐고

엄마가 데리러 오지 않았어도 아이들은 모래사장에서 땅
을 파고 물을 길어 물줄기를 내는 일을 시작했을까 아이들
이 만들면 놀이기구는 어떤 모양이 될까

아무도 울어보지 못한 울음은 애초에 없는 것이라고 여
긴, 바닥에 물이 고여 있어서 타지 못하고 그네에 내내 앉
아만 있던 날이었다

키

뭔가 와닿은 순간 눈이 감겨버렸다 먼 곳에서 떨어진 건지 튀어나간 건지 지나려는 건지 모르지만 나는 키를 재고 있었다

재면 어긋나는 키를 재려고 골목에 멈춰서 눈을 깜빡였다 같은 키를 계속 재보며 손바닥을 내밀고 하늘을 보았다

뭔가 무거운 것을 들었다 여겼는지도, 손에 쥐던 것을 잃어버렸다 여겼는지도, 멈춘 순간 골목에서 거의 사라졌다 여겼는지도 모르지만

움푹 파여 도드라진 한순간을 나로 여기고 흙을 끼었었다

질문

　인형은 영혼이 관절에 있어 유치원 선생님은 수업에 빠지면 돌아오는 순간 벌로 노래를 시켰지 전 노래를 배우지 못했는걸요 고개를 숙이는 건 표정을 감추고 머리를 내밀기 위해서니? 조용히 해라 애들아 친구가 용기를 내게 박수를 쳐주어라 네 귀가 따가운 건 네가 입을 다물고 있기 때문이란다 제가 고개를 숙이는 건 제 가슴을 보기 위해선걸요 교실 안의 새들은 천장에 줄을 대고 있어요 눈 밖으로 실밥을 풀어내며 말라가는 옷들은 저희 집에도 많아요 밖에서 놀이기구를 빙빙 돌리니까 어지러운걸요 까르르, 웃으며 넘어가는 건 누나도 현기증이 일어서잖아요 그 손 놔요 비가 그쳐도 놀이기구 주변에 고인 물이 마르지 않잖아요 숨바꼭질을 하면 나무들 뒤에 숨은 건 친구가 아니라 그곳에는 벽이 있었어요 등을 돌리고 혼자 그늘에 앉아 있곤 했어요 나뭇잎을 입에 물면 바람소리가 불어가곤 했는데 너도 나무의 울음을 울어보는 거니? 나뭇잎은 나무의 관절인데 나부끼면서 어떻게 운다고 하겠어요? 유치원에서 우리는 입을 벌리고 돌림노래를 털어넣으며 병을 들이기 시작했어

거울의 정리

　꿈속에서 나는 거울을 보고 있었지 거울 속에서 눈 대신
변기를 동그랗게 뜨고 있었지 변기에 담긴 거울이 소용돌
이치며 빨려들 때 거울이 내 표정처럼 쩍 금 가며 말했어

　눈물은 안에서부터 차오르지 않아 한 무더기 말과 냄새
처럼 피어나는 풍경들을 네 시선이 고이는 곳에 싸질러두
는 거지 거기에 드리워진 그림자가 구멍 속으로 빨려들다
변기 밖으로 몇방울 튀면

　그게 눈물이야 나를 보고 싶을 때면 변기를 열지 입을 대
고 외친다 여보세요 메아리가 들려온다 변기에 입을 대고
외친다 나야 네 눈망울에 내 얼굴이 찰랑댄다

　바람은 메아리를 두텁게 얼리고 어둠을 얼렸지 욕실의
창밖은 걸음을 내디딜 수 없는 벼랑이었어 정상에 다가갈
수록 추워지는 기압골에서 별빛은 가려졌다 드러났다 했지
지상의 온기는 죄다 빨려들어갔고 언저리에 묻어 고드름처
럼 반짝이는 햇살을 보며 오— 해가 떴다 외쳤지 구멍은 뭔
가 빨려드는 중에는 보이지 않지 내 체온을 느끼고서야 따
뜻하다고 말했어 아침이면 거울 속에서 나는 부은 몸을 떨
며 언 채로 구조되었지

새의 조각

여름에서 겨울로 날아오는 새가 있다 그 새에 관해 소문
만 무성한 것은 겨울 하늘에 부딪혀 죽은 새의 깃털이 거리
가득 눈으로 쌓이기 때문이다 소문의 새를 실제로 본 사람
은 폭염과 폭설을 구분하지 못하는 병에 걸린다 여름이 오
면 폭염 속에서 얼어죽어 날아간다

발을 디딜 수 없어 수면이라 부르는 것이
바다에게는 바닥이라는 듯이
물속을 날아다닐 수 있었던 것은 살아 있을 때였다고
몸이 굳자 바다는 그를 돌려보내주었지만
그의 몸은 수면으로 떠오르지 않고
수면에 비친 풍경 속 앙상한 나뭇가지에
새의 둥지처럼 걸려 있었다

어떤 구름은 하늘로 쏘아올린 공기방울이고 어떤 구름은
올려다본 눈빛이 하늘에 일으킨 균열이다 비 오는 날 울적
한 건 하늘에 구름을 일으킨 눈빛이 되돌아오기 때문이다
숨을 고르면 바다에서 찬바람이 불어온다

사람들은 포구에 가만히 앉아 있었지만
눈빛만은 찬바람에 나부끼는 옷자락 사이로
깊이 가라앉았다 되돌아오곤 했다
한 켤레 구두가 놓인 포구에서
새들이 수면에 비친 풍경 속으로 날아갈 때
허공을 쥐고 있는 새들의 발을 보면
발금을 보고 운명을 점치지 않는 이유가 궁금했다

졸음의 높이

1

구름 한 점만으로 태양이 가려지던 날이었다 친구들보다 그늘이 더 많이 앉은 교실의 아침 자율학습 시간이었다 분필 하나가 내 이마를 명중시킬 때 올려다본 시계, 졸음에서 깨어난 시간 오전 08시 15분

선근이가 몰던 오토바이는 커브에서 미끄러졌다 보도블록의 모서리에 뒤통수를 부딪혔다 목뼈가 부러져 즉사했다 사망시각 오전 08시 15분

그 순간의 졸음을 나는 데자뷔라 부른다

2

구름 한 점이 태양에서 벗어날 때의 마찰로 교실 가득 환하게 일어나던 빛의 보풀, 선근이의 목뼈가 보도블록에 부딪힌 순간 영혼은 정전기를 일으키며 몸 밖으로 떼어졌을까

영안실에서 선근이의 볼살을 손가락으로 눌러보는데, 볼살은 내 손에 눌린 만큼 움푹 꺼진 채 굳어버리는데, 내 이마에서 현기증이 굉음을 일으킨 순간 나는 까무룩 졸아서 그 이후를 기억하지 못하고, 화장터로 향하는 차에서 눈을 떴다

3

화장터의 불길에 뽀얗게 닦여나온 유골 한 다발 꽃처럼 품에 안고 길을 나설 때 태양을 가리던 구름 한 점이 묘지에 그늘을 드리웠다 몇은 움푹 꺼진 채 졸기도 하면서 수업을 끝내고 봉분들은 언제 돌아갈까 바람이 불면 지워졌다 다시 밑줄 그어지는 지루하게 반복되는 산 능선의 수업시간이었다

봉분들은 영안실에 모였던 친구들의 눈두덩처럼 부어 있었다 관의 바닥에다가 죽은 몸을 먹지처럼 대고 시간의 심지를 꾹꾹 누르며 저마다 자신에게 가장 알맞은 방식의 필기를 하고 있었다 열어보면 깨알같이 널브러져 있었을 시

체들 외롭다고, 곁의 봉분 속 시체에게 가닿기 위해 제 몸
을 썩힐 때마다 줄어든 만큼 그들의 몸이 번질 때마다 사람
들은 내게 말한다

지금 당신의 눈이 반짝, 반짝인다고

4

눈이 나빠지고 졸음이 늘어갔다 고개를 끄덕이며 긍정하
는 순간 분필은 더는 나를 맞히지 않았지만 렌즈를 죄는 안
경다리가 눈가에 어색하게 걸쳐 있었다

하품을 하면 눈가에서 밀리던 눈물 글자들이 지워졌다
적히는 뿌연 칠판을 지나치며 나는 책상을 모는 자세로 앉
아 어디로부터 달아나는 주행중이었을까

교실 밖의 공터는 자꾸 맴돌아서 운동장이라 불렸다 조
회시간마다 더는 견디지 못하던 굉음들이 현기증을 일으키
면서 운동장에서 뙤약볕 속으로 픽픽 쓰러질 때, 나는 왼손

을 꼭 쥔다

　눈물을 멈추라고

배의 기묘한 리듬

멀리서 보면 무엇이든 얇아 보였어

배가 해안에서 서서히 멀어지고 있었어
뒷걸음질로 온
나는 물살이었어
오르내리는 숨을 따라
아이와 발을 맞추고 놀았어

눈을 부릅뜨고 등대를 보다 숨을 토했어
입을 헹구고 쏘아봤지

누군가 날 들여다봐
들키고 싶지 않아
살갗이 닿으면 노래를 부르며 흩어졌어

배가 해안으로 서서히 들어오고 있었어
물이 닿으면 아이의 몸이 들렸어
물거품은

텅 빈 손을 감췄고
해안의 바위를 우는 아이라 여겼어

허물렸다 지어지는 집처럼
씩씩하게
두려워하면서

앉았다 일어났어
집을 짓고 남은 파이프로 이루어진 계단에서

줄

줄이 바닥을 치는 소리에 이끌려 줄넘기를 해 돌고 있는 줄이 돌고 있는 줄과 나뉘면 낡아챘다고 생각하면서

이상한 리듬에 사로잡혀 줄넘기를 해 아무것도 떠올리지 않고 세던 숫자를 깜빡해 돌고 있는 줄에서 감고 있는 줄이 쏟아질 때까지 롤러코스터에서 잊었던 숫자를 헤아리기 시작해

눈앞이 캄캄해질 때까지 줄을 넘으면서 울고 화를 내면서

피팅룸

유리 안에서 물이 끓는다 그의 눈이 풀려간다

네가 관여되지 않은 곳에서 웃는 그를 보았나봐? 애인이 고백했다 싶을 만큼 나는 손발이 차가워져 있다

손발이 나와 있게 만들어진 옷을 고를 수밖에

애인의 물건들을 한 선반 위에 모아두면 무엇보다 애인이 작게 느껴진다

목이 나와 있게 한편 네가 마음을 썼다고 생각하면

누르지도 떼지도 않고 손가락을 대고 있다 너는 누구야? 나는 너를 만나러 갔었다

중간의 호흡
장은정

1. 반쯤 열린 주체

'너'라는 존재에 사로잡힌 우리를 상상해보자. 의자에 앉아 있던 네가 일어서서 어딘가를 향해 걷기 시작하면 우리의 시선 역시 그 움직임을 분주히 좇는다. 대타자는 하나의 매력적인 실루엣이다. 누구인지 알지 못하면서도 우리는 네가 하나의 대답을 가진 존재라고 생각한다. 사소한 말한마디, 미세한 표정 하나에도 숨겨진 의미가 있을 것만 같다. 그렇게 몰려드는 수많은 기호들. 대상을 향해 손가락 끝을 서서히 뻗을 때, 우리는 가장 허약한 자아의 순간을 맞는다. 아주 약한 충격만 가해져도 그동안 간신히 익혀온 모든 균형감각을 잃어버린다. 그때 우리는 어떻게 하는가. 너에게로 향하던 손가락 끝을 거두어들이고 다시 균형의 지점을 찾아나서지 않는가. 프로이트에 의하면 리비도의 일반적이고 근원적인 상태는 나르씨시즘이다. 스스로를 대상으로 삼는 나르씨시즘이 충분히 발달한 후에야 대상을 향한 사랑이 형성되는데, 그렇다고 해서 나르씨시즘이 제거되는 것은 아니다. 즉, 대상을 향한 사랑의 원천은 자아 리비도이며, 언제든 대상 리비도는 다시 자아의 내부로 흡수될 수 있다. 너를 응시하던 시선은 끝내 너와 눈을 마주칠 수 없다는 사실을 알게 되면 절망스럽게 자신에게 되돌아온다. 우리는 낮 동안 너를 향해 두리번거리지만, 밤이 되면 어김없이 모든 시선을 자아에게로 되돌리고 깊이 잠들어야 한다.

우리는 알고 있는 것으로 간주되는 자, 대타자가 가진 허위에 대해 익숙하게 배워왔다. 그 역시 결여된 주체이며 이를 아는 것이 하나의 진실과 대면하는 일이라는 것 말이다. 나의 자아로 환원되는 타인이 아니라 고유의 타자성을 지닌 타자를 왜곡하지 않는 일은 여전히 중요한 윤리적 결단이다. 하지만 거울 이미지로 구성되는 자아가 오해의 산물이며 주체가 소외되는 장소라는 것을 안다고 해서 그것을 완전히 폐기할 수 있는 것은 아니다. 사실, 현실 속의 우리는 자아와 주체 사이에서, 타인과 타자 사이에서 저울 바늘의 떨림처럼 진동한다. 우리는 '너'에게 사로잡혀 기대에 부풀다가도 너에게서 본 것이 그저 나의 환영이라는 사실을 확인하며 순간 비참해지지만, 네 손을 잡는 순간 모든 것은 기대감으로 다시금 충만해진다. 그렇게 기대하고 실망하고 또다시 기대하기를 반복하며 우리는 살아가고 있지 않은가. 겪고 있는 매순간이 무엇을 의미하는지 곱씹으면서. 흔들리면서. 최정진의 시는 바로 이러한 현실적 자아를 시적 주체로 삼고 있다. 그 때문에 그의 시는 우리의 현실적 영역으로 직접 진입해 들어온다. 그의 시에서 지칭되는 '너'는 우리가 일상적으로 숱하게 마주치는 많은 사람들 중 하나이고, 화자로서의 '나'는 그런 '너'와 관계를 맺고 있는 존재이다.

> 발을 만지는 게 싫으면
> 그때 말하지 그랬어
> 외로워서 얼굴이 굳어가잖아
> 너의 집 앞에 다 왔어
> 창문을 열어봐
> 다리가 풀리기 시작했다
> 참을 만큼 의자를 참았다는 듯이
>
> ──「첫 발의 강요」 전문

우선 우리는 이 시를 '너'의 마음을 처음으로 알게 된 순간에 관한 시라고 할 수 있을 것이다. 시가 시작되기 전 그들에게는 아주 긴 시간이 존재했을 것이다. 나는 너의 발을 만지고, 너는 그것을 좋아하지 않지만 (배려 혹은 체념으로) 아무 말도 하지 않는 그런 긴 시간 말이다. 그런데 화자는 어떤 계기로 뒤늦게 너의 속마음을 알게 된다. 너는 진심을 숨기느라 외로웠을 것이고, 화자는 네 마음을 다르게 이해하고 있었다는 사실을 뒤늦게 알고 외로워졌을 것이다. 그렇게 나와 너는 서로의 진심을 이해하게 되는 것인가. 흔히 우리가 말하는 소통의 순간인가. 하지만 그렇게 말할 수는 없다. 왜냐하면 너는 아직 창문을 열지 않았기 때문이다.

'너'에게 사로잡혀본 적 있는 이라면, 화자의 자리에 그때의 자신을 대입하더라도 이 시가 그대로 유지될 뿐 아니라 오히려 감정적 밀도가 더욱 높아짐을 알 수 있을 것이다. 이 시의 시적 주체는 현실적 자아이기 때문이다. 그런데 시의 마지막에 이르면 이 친숙한 현실적 자아의 진술은 단숨에 시적인 것으로 도약하며 낯설어진다. "다리가 풀리기 시작했다/참을 만큼 의자를 참았다는 듯이"가 바로 그 부분이다. 이 구절을 어떻게 받아들여야 할까. 화자는 너에게 한 발 더 다가가기 위해 창문 앞에 서 있다. 이전에 가본 적 없는 곳을 향한 첫발일 것이다. 그리고 너를 기다리고 있다. 그런데 그때 별안간 다리가 풀리기 시작한다. 네 진심을 알게 되고 네 집 앞으로 가서 창문을 열어보라고 말할 때의, 의자처럼 단단한 어떤 확신이 서서히, 조용히, 주저앉는다. 마지막 행 "참을 만큼 의자를 참았다는 듯이"는 명료한 문장으로 그 뜻을 해석하기보다 '참을 만큼, 의자를, 참았다는 듯이'라고 끊어 읽으며 생겨나는 어떤 안간힘의 느낌으로 받아들여야 할 것이다.

　모든 것이 주저앉는 이 시적 순간의 시적 주체는 누구인가. "외로워서 얼굴이 굳어가잖아"라는 구절에서의 외로움은 화자와 '너'의 단절에서 기인한 것이어서 나르씨시즘적 형태를 띠고 있다. 대상과의 소통에 실패했다고 판단한 자아의 절망 속에서도 화자의 단일성은 굳건히 유지되고 있기 때문이다. 너의 집 앞으로 찾아갈 수 있는 이유 역시 화자가 너로부터 분리되어 있기 때문이다. 하지만 다리가 풀리기 시작하는 순간은 그 명백하던 '분리'가 주저앉는 순간이다. 이때 '나'라는 단일성은 열어젖혀진다. 대상을 향해 뻗어가던 손끝은 일순간 정지한다. 그러나 그 손끝은 자아에게로 되돌아올 수도 없다. 여기에 이르러 「첫 발의 강요」는 현실적 자아의 시가 흔히 빠지기 쉬운 '소통'이라는 주제를 넘어선다. '소통'이 가능하기 위해서는 명확히 구분되는 '나'와 '너'라는 주체가 전제되어야 한다. 그런데 이때 화자는 나와 너 사이에 존재하는 그 단절의 자리를 내부로 직접 들여온다. 이때의 '너'가 자아로 환원되는 타인인지, 타자성이 해소되지 않은 타자인지 구분하는 것은 핵심이 아니다. 방점이 찍혀야 하는 것은 이것이 현실적 자아가 자신의 내부에 '너'라는 존재의 자리를 마련하는 순간이라는 점이며, 그 순간 화자는 '너'가 타인인지 타자인지 판단할 수 있는 독립성마저 잃는다는 점이다. 이제 현실적 화자는 '반쯤' 열린 주체가 된다. 이는 마치 반쯤 열린 채 기울어진 서랍과 같아서, 커다랗게 열린 각도를 통해 빛과 어둠, 불안, 혼란이 그에게 들이친다.

2. 어리둥절한 세계

크리스떼바는 『사랑의 역사』에서 프로이트가 사랑으로 치료법을 고안해냈다는 사실에 주목한다. 상호적인 동일화에 해당하는 '전이'와 분리에 해당하는 '역전이'로 구성된 이 치료법은 애정관계야말로 최상의 정신현상적 기능작용의 모형이라고 본다. 정신현상은 타자와 연결된 '열린 체계'이며 바로 그러한 조건에서만 다시 새로워질 수 있다는 것이다. 최정진 시의 시적 주체 역시 타자에 의해 '반쯤' 열린 주체다. '너'는 관계의 부재가 허용하는 안락한 안정성으로부터 '나'라는 존재를 끊임없이 격리시킴으로써 시적 주체의 자기완결성을 부정한다. 중요한 것은 시에 등장하는 '나'와 '너'가 한 무대 위에 오른 각기 다른 캐릭터의 역할을 수행하는 것이 아니라는 점이다. 이러한 무대가 가능하기 위해서는 무대 전체를 내려다보며 장악하는 시선이

필요하다. 하지만 최정진의 시적 주체는 무대의 일부만을 차지하고 무대 전체를 가늠할 수 없어 두리번거릴 뿐이다. 따라서 시를 주도하는 '나'의 진술은 불안정과 혼란으로 빚어져 있다. 이처럼 반쯤 열린 주체에게 세계란 도저히 총체적으로 인식할 수 없는 어리둥절한 공간이다.

  나는 너의 어디에 닿은 걸까 버스가 급정거한 순간 소리 위로 정교하게 쓰러질 듯

  너를 밀어버렸지만 쓰러진 건 너와 내가 아니었다 당겨지는 귀를 내 팔이 붙들고 있었다 내 팔은 방아쇠를 당겼는지도 모른다 날개를 젓는 새처럼 귀가 많게 보였을지도

  버스가 급정거한 순간 잠들고 싶은 집을 떠올렸는지도 너의 비명은 너의 다짐인지도 모른다 버스는 더 빠르게 지나갔는지도

  버스가 멈추고 무언가 두고 온 건지 튕겨나간 건지 끌려가는 건지 알 수 없었지만 네가 멀어지고 있었다
                                        ——「버스의 탄성」 전문

버스가 급정거한 순간, '나'는 "소리 위로 정교하게 쓰러질 듯" "너를 밀어버"린다. 그런데 의아하게도 쓰러지는 것은 "너와 내가 아니"다. 너를 밀어버렸다고 생각한 것부터 잘못된 것일까. 내가 어떤 일을 저지른 것인가, 하고 되물으며 물끄러미 내 팔을 내려다보자 너의 "귀를 내 팔이 붙들고 있"다. 사실 너를 민 것이 아니라 "방아쇠를 당겼"던 것일까. 아니, 어쩌면 "잠들고 싶은 집을 떠올렸"던 것일지도, 그때 네가 지른 비명은 단지 "너의 다짐"에 불과할지도 모른다. 이 짧은 순간마저도 화자에게는 너무나 많은 의미를 내포하고 있어서 어떤 의미도 배제되지 않는다. 이 짧은 순간의 의미는 거품처럼 무수히 불어나고 '급정거'라는 선명하던 시적 순간은 흐릿한 기분으로 불투명해진다. 그때 버스가 멈추어서고 네가 멀어진다. 이 멀어짐을 어떻게 받아들여야 할까. 문득 너를 잊은 채로 "두고 온" 것인지 단지 "튕겨나간 건지" 아니면 억지로 "끌려가는 건지"조차 도무지 알 수 없다.

「첫 발의 강요」가 '나'라는 단일성이 열어젖혀지는 순간을 경험하는 시였다면, 「버스의 탄성」은 그 빈 틈새를 급정거처럼 매순간 반복한다. 그 순간은 특정한 해석으로 귀결되지 않기 때문에 특정한 정념을 동반하지도 않는다. 이 빈 틈새는 그저 어리둥절하고 흐릿한 기분으로 가득 차 있다. '방아쇠를 당기는 순간'과 '잠들고 싶은 집'과 같이 상반

되는 판단들이 이 어리둥절함 속에 공존한다. 일반적으로 '나'라는 기표, '너'라는 기표는 각기 다른 개별자들의 날카로운 모서리를 예리하게 부각한다. 하지만 이 시에서 '나'와 '너'의 기표는 그런 독립적 존재들을 불러내지 못한다. 왜냐하면 이들은 행동하고 있기 때문이다. 이 시는 버스가 급정거한 순간 너를 밀어버리는 것에서부터 시작한다.

행동한다는 것, 그것도 너와 연결되어 있는 행동에서는 어디까지가 나의 자발적 선택이며 어디까지가 너의 영향인지 알아보기 힘들다. 행동의 응시 속에서 나는 분열된다. 나는 너의 행동들의 의미를 물으며 몰래 '훔쳐보는 자'인 동시에, 행동을 통해 한 가지로 확정지을 수 없는 두터운 의미층을 생성해내는 '보여지는 자'이다. 이 분열 속에서 단단한 얼음 같던 '나'라는 기표, '너'라는 기표의 모서리는 부드럽게 녹아내린다. 버스가 급정거한 것은 시적 주체가 자발적으로 일으킨 사건이 아니다. 마치 도미노가 연달아 넘어지듯, 버스가 급정거하고, 버스에 타고 있던 나는 앞으로 당겨지고 너를 밀어버린다. 너의 젖혀진 몸을 보고 너의 비명을 들으며 나는 내가 무슨 일을 한 것인가 되묻는다. 이런 식으로 하나에서 다른 하나로 연쇄적으로 힘이 이동하면서 이 시의 리듬이 생겨난다. 버스가 급정거할 때 우리의 몸이 앞으로 쏠렸다가 연이어 뒤로 젖혀지는 것처럼 이들은 모두 연결되어 있고, 그렇기에 나는 선명한 의미화 작

용이 통용되지 않는 시적 공간 내부에서 어리둥절해한다. 시는 '나는 누구인가' 혹은 '너는 누구인가'라고 묻는 대신 이렇게 묻는다. "나는 너의 어디에 닿은 걸까." 이 조용한 질문 속에는 격렬한 불안이 파고들어 있다. 이처럼 반쯤 열린 주체가 머물고 있는 어리둥절한 공간이 최정진 시의 대표적인 시적 공간이다.

3. 중간의 호흡

무엇이 그의 세계를 이렇게 어리둥절하게 만든 것일까. 우리는 유년시절을 다룬 그의 초기작 「기울어진 아이」 연작에서 이 세계의 상세한 기원을 목격할 수 있다. 가령 「기울어진 아이 3」에서 문을 사이에 두고 아이는 공중전화 박스 안에서, 아버지는 밖에서 실랑이를 벌이는 장면 같은 것. 한편에선 문을 열기 위해, 다른 한편에서는 열리지 않기 위해 팽팽하게 맞선다. 양쪽에서 밀고 당기느라 공중전화 박스의 문은 아슬아슬하게 떨리고, 얇은 유리를 사이에 두고 아이는 아버지를, 아버지는 아이를 바라보며 시선을 주고받는다. 문을 사이에 둔 두 사람 사이의 팽팽한 긴장은 최정진 시의 '반쯤 열린 주체'가 타자와 정확히 맞물리는 최초의 장면이라 할 수 있다. 이 장면은 그녀와 내가 유리창을 사이에 두고 서로를 마주보는 「유리창」으로, 탁자를 사이에 두고 너와 내가 앉아 있는 「탁자」로 변주되며, 「건너편 심장박동」에서는 두 사람이 나란히 혹은 앞뒤로 골목을 걸어가는 장면에서 "닿을 만한 거리"를 강조하는 시선으로 확장된다.

「첫 발의 강요」의 서서히 주저앉는 순간이나 「버스의 탄성」의 어리둥절한 공간 역시 친구의 죽음을 다룬 「졸음의 높이」에서 그 최초의 순간을 목격할 수 있다. 화자는 영안실에서 친구의 볼살을 손가락으로 눌러보는데, 그 볼살은 눌린 만큼 움푹 꺼진 채 굳어버린다. 그때 화자는 놀랍게도 "까무룩 졸아"버린다. 친구가 죽는 순간이 빛으로 가득 찬 교실로 형상화되는 것처럼, 친구의 죽음을 직접 '만진' 화자의 충격이 졸음으로 나타나는 것이다. 가장 선명한 질감과 가장 나른한 반응이 맞물리면서 시적인 효과가 발생한다. 제목이 '졸음의 높이'라는 점을 기억하자. 이는 분명 앉아서 졸 때 꾸벅꾸벅 숙여지는 목의 위치를 말하는 것일 텐데, 이 어중간한 위치는 졸음의 특성을 절묘하게 포착하고 있다. 그의 시는 유독 '중간'이라는 위치에 예민하다. "욕조로 쏟아지는 물을 보면 계단은 중간에서 차오른다"(「내 몸 안의 반지층」)라거나 "속옷을 벗고 입는/짧고 긴 중간에 대해"(「속옷」), "어딘가를 향하지만 아이는 늘 중간에 있다"(「열차의 윤곽」)와 같은 구절에서 쉽게 찾아볼 수 있듯, '중간'이야말로 그에게 가장 시적인 위치이다.

> 방들이 집을 부술 듯이 차 있다
> 옥상은 이상하게 비어 있어
> 숫자와 맞서고 있다
> 십자가의 조명이 횟수로 나뉘려 하면
> 물어봐, 어떻게 해야 할지 모르겠어
> 그런 생각조차 느껴지지 않게
> 너의 입으로 너의 이름을 부르며
>
> ──「숫자를 찾아가는」 전문

　방들은 집을 부술 듯이 가득 차 있는데 옥상은 "이상하게 비어 있"다. 이 기묘한 대조는 반쯤 열린 주체가 경험하는 어리둥절함의 본질을, 표면상으로는 텅 비어 있지만 그 아래는 부서질 듯이 가득 차 있는 시적 공간으로 절묘하게 포착해낸다. 옥상의 주변을 둘러싼 수많은 십자가들은 어떤 상징적 의미도 지니지 못하고 그저 점멸하는 조명으로, 숫자처럼 명료한 형태만 지닌 채 옥상과 맞서고 있다. 텅 빈 옥상의 중심으로 점차 모여드는 기호들. 도무지 어떻게 해야 할지 알 수 없다. 이 어리둥절한 상태에 빠져들기 시작하면 영영 이 기호들 사이를 헤매게 될 것이다. 그때 문득 알게 된다. 뭔가를 해야 한다는 사실을. 그때 무엇을 하는

가. 아주 오랫동안 이 시간을 기다려왔다는 듯이, 너는 노래를 부르듯, 천천히, 너의 입으로 너의 이름을 부른다.

이 이상한 기분을 어떻게 설명해야 할까. 분명한 것은 마지막 구절에서 '너'의 자리에 '나'가 있었다면 이런 이상한 시적인 기분과는 퍽 달라졌으리라는 점이다. 그러니까 우리는 화자의 목소리로 시를 듣다가 마지막 구절에 가서야 하나의 시선을 발견한다. "너의 입으로 너의 이름을" 부르는 '너'와 그런 너를 지켜보는 화자의 시선. 그때 우리는 어디에 서게 되는가. 이 지점이 묘하다. 우리는 화자와 동일시하여 어디선가 함께 '너'를 가만히 지켜볼 수도 있고, 동시에 '너'를 우리 자신으로 여기고 시를 읽을 수도 있다. 즉, 여기서 독자는 두 개의 시선과 입장을 한꺼번에 경험하게 된다. '보는 자이면서 보이는 자'가 되어 우리의 이름을 부르거나 너의 이름을 듣는 것이다. 이것은 마치 호흡과 같지 않은가. 천천히 숨을 들이마시며 자신의 이름을 조용히 부르는 너를 바라보고, 들이마신 공기를 천천히 내쉬며 나의 이름을 조용히 부르는 나의 음성을 듣는다. 우리는 이러한 시적 체험을 해본 적이 있는가.

극장에서 누군가 생각을 물어보았다 그를 예전에 좋아했어?

문제가 위와 같으면 겪은 것을 겪게 겪게 겪게 하면서
사과가 깎이지만

　손가락을 손가락 한 개를 걸고 있어 그를 예전에 좋아
해서 힘이 들어?
　지금 여기를 비우는 중이야 너를 위한 영화가 아니야
누군가 코앞에서 극장을 가진 것같이 굴어보았다

　문제가 위와 같으면 누군가와 눈에 눈을 맞추고 돌아
설 때 더 텅 비게 내가 드러나지만
　기다리면 이전보다 채워져 있다 문을 열다 놓고 문을
닫다 놓고

──「동경 3」 전문

　누군가를 동경하는 상태가 반쯤 열린 주체에게 가장 핵
심적이라는 사실은 당연할 것이다. 동경만큼 타자를 단숨
에 주체와 매개하는 원동력이 있는가. 흥미로운 것은 이 시
의 배경이 극장이라는 점이다. 누군가를 동경한다는 것은
영화를 보는 것으로, 혹은 영화를 보러 극장 내부에 들어가
는 것으로 비유된다. 한데 그보다 눈에 띄는 것은 「동경 3」
이 동경하는 자와 동경받는 자를 다루고 있는 것이 아니라
는 점이다. 이 시는 두 사람의 대화로 구성되어 있다. 한 사

람은 한때 어떤 사람을 동경했던 자이며, 다른 한 사람은
그런 그에게 질문을 던지는 "누군가"이다. 그동안 최정진
시의 주된 시적 관심이 반쯤 열린 주체와, 그와 깊숙하게
관계맺고 있던 타자와의 관계였다면, 이 '누군가'의 등장은
낯선 것이다. 전자가 어떤 틈도 없이 정확하게 맞물린 관계
라면, 영화를 본 자와 그 영화를 보지 않은 자의 대화는 결
코 메울 수 없는 공백을 껴안은 채 이어진 관계다.

누군가 묻는다. "그를 예전에 좋아했어?" 간신히 덮어두
었던 뭔가를 가만히 들추어내는 질문이다. 그 질문으로 이
미 다 지나가버렸다고 생각했던 것들이 "겪은 것을 겪게 겪
게 겪게 하면서" 되살아난다. 구체적으로 다시 한번 반복되
는 질문. "그를 예전에 좋아해서 힘이 들어?" 누군가를 동
경할 때 언제나 남게 되는 어떤 초라함 같은 것을 지적하는
것 같다. 어쩐지 잔인하게 느껴지는 질문 앞에서, 무언가를
지키기 위해 스스로 마주 걸었을 손가락이 결국 견디지 못
하고 스스로를 겨냥하며 대답한다. "지금 여기를 비우는 중
이야." '누군가'가 답한다. 그건 "너를 위한 영화가 아니"라
고. '누군가'는 화자와 전혀 다른 사람일 수도 있지만, 동경
의 상태를 통과한 이후에 그 시간에 대해 되묻는 화자의 또
다른 페르쏘나일 수도 있다. 하지만 중요한 것은 화자와 누
군가 사이의 메울 수 없는 틈이고, 그 틈이 이 시의 시적 긴
장의 핵심이다. 너를 위한 영화가 아니라는 것. 4연을 읽으

면 화자가 마침내 동경이라는 상태가 잔뜩 부풀리는 어떤 허영을 수긍한 것으로 보인다. 그렇다면 허영마저 인정하고 동경한 자에게 남는 것이란 무엇인가.

"문제가 위와 같"다면, "누군가와 눈에 눈을 맞추고 돌아설 때 더 텅 비게 내가 드러나"는 것은 사실이다. 하지만 "기다리면 이전보다 채워져 있다." 동경의 시간을 통과하고, 그 동경이 허영이었다는 사실을 깨닫고, 그렇게 마지막에 남는 것은 어떤 비어 있는 공간이다. 하지만 그곳은 폐허가 아니다. 기다리다보면 그 빈 곳은 "이전보다" 채워져 있다. 무엇으로? 호흡으로. 「숫자를 찾아가는」에서 "너의 입으로 너의 이름을 부르"던 것처럼, 이 텅 빈 공간에서는 "문을 열다 놓고 문을 닫다 놓"는다. 이 문장의 리듬을 상상해보자. 숨을 들이마시듯 문의 손잡이를 잡고 문을 열다가 순간 놓아버렸을 때, 손에 여전히 남아 있는 어떤 방향을. 숨을 내쉬듯 다시 손잡이를 쥐고 문을 닫다가 순간 놓아버렸을 때, 여전히 남아 있을 반대 방향. 이 중간의 호흡은 최정진 시만이 경험하게 해주는 시적 체험이다.

4. 중간에의 의지

로션을 바르다가 나는 시작된다 이것을 내 체취라고

생각하면 머릿속은 새하얘져서

네가 내 생활을 견디지 못하고 있다 소리가 쏟아지지
않게

인사를 한 만큼 얼굴은 당겨졌다가 견고하게 어디론가
베개에서 겨우 손을 놓은 냄새가 맡아지기 전에

맹세와 다른 체취를 맡아본 적이 없게

내 답은 겨우 문을 열었다 닫지만 내 불안이 가본 적 없
는 곳을 지나간 곳으로 만들기 전에

도착을 거부하고 있다 용서가 잊었던 용서를 생생하게
겪게

——「로션의 테두리」 전문

중간에서의 호흡은 무엇을 뜻하는 것인가.「로션의 테두
리」는 이 질문에 대한 첫번째 실마리가 되어준다. 이것은
어떤 안간힘으로 만들어진 시다. 시를 이루는 행들이 대부
분 '~하지 않게'의 의미로 마무리되고 있다. "소리가 쏟아
지지 않게" "손을 놓은 냄새가 맡아지기 전에" "맡아본 적

이 없게"용서를 생생하게 겪게"와 같은 그러한 구절들은 모두 어떤 사태가 일어나지 않게 하기 위해 손잡이를 힘주어 잡고 있다. 무엇을 하지 않으려 하는 것인가. 1연에서 우리는 이 모든 일이 "로션을 바르다가" 시작된 일임을 알 수 있다. 로션을 바른 순간 시원하게 스며드는 촉감과 강하게 번져오는 향을 상상해보자. 그것이 상쾌해지는 순간이라는 사실은 분명하지만, 그것을 "체취라고 생각하면" 어쩐지 "머릿속은 새하얘"진다. 체취라고 하기엔 로션의 향은 너무나 상쾌한 것이다. 이 시에서 '중간'이란 로션이 서서히 스며들며 본래의 체취를 지워가는 시간이며, 그때 체취란 로션의 상쾌함으로부터 지켜내야 하는 무엇, 즉 "맹세"가 된다.

여기서 강조해야 할 것은 체취를 지키려는 행위의 진정한 이유가 로션의 향보다 나의 체취가 더욱 근사하기 때문이 아니라는 점이다. 현실적 자아의 한계, 반쯤 열린 주체의 미숙함, 그런 것들을 간과하고 로션의 향과 같은 이상적 완전함에 도달한다면 그것은 하나의 속임수에 불과하기 때문이다. 그렇다면 로션의 향기, 나의 체취라고 믿고 싶을 만큼 근사한 무엇으로부터 달아나기 위해 무엇을 해야 하는가. 그때 "답은 겨우 문을 열었다 닫"는 것, 그러니까 중간의 호흡이야말로 시가 유일하게 해야 하고 할 수 있는 것이다. 만약 그렇게 하지 않는다면 "내 불안이 가본 적 없는 곳을" 이미 경험했다고 착각하는 "지나간 곳으로 만들"어버릴 것이기 때문이다. 즉, 화자가 지켜내려고 하는 것은 '불안'이다. 불안이 사라진다는 것은 어떤 종류의 한계와 미숙함이 사라지는 것이고, 그것은 완전히 용서받는 일이다. 불안이 남아 있는 한 화자는 "용서를 생생하게 겪"을 수 있고 "도착을 거부"할 수 있다. 그러니 이 시는 로션을 바르면서 생기는 느낌의 면적에서 출발하지만, 그 면적이 희미해지면서 도리어 나를 보호해주는 테두리에는 도착하지 않기위해 안간힘을 쓰는 어떤 의지의 시인 것이다.

　　사람의 얼굴을 마주보지 못하고 있다

　　내가 믿는 시와
　　꿈꾸는 시와
　　쓸 수 있는 시가 모두 달랐다

　　그곳은 음악이 지나치게 크다
　　목소리가 들리지 않는다

　　그들이 그곳에서 나오지 않기를 바란다

　　그곳에선 원하는 만큼 팔을 모을 수 있고

모은 팔과 모은 팔이 닿지 않는다

어떤 동작을 취해도
아무것도 드러나지 않는다

무엇도 속일 수 없는 중에

장갑을 갖고
손가락의 역할들을 나눈다
그들이 그곳에 흩어져 있기를 바라고 찾는다

그곳은 너무 낮다
목소리보다 발소리가 먼저 도착한다

—「동경 5」 전문

이 시집에서 유일하게 시에 대해 직접적으로 언급하는
'시에 대한 시'라고 할 수 있는 이 시는 「로션의 테두리」에
서 엿보이는 어떤 의지가 무엇에서 기인하는지 훨씬 선명
하게 언급하고 있다. 그는 우선 "내가 믿는 시와/꿈꾸는 시
와/쓸 수 있는 시"를 구분한다. 그에게 이 세 가지 시는 영
원히 불일치할 것이며 불일치해야만 한다. 어째서인가. 반
쯤 열린 주체가 어리둥절한 세계를 유지하는 일은 현실적

자아의 한계를 계속해서 직면하는 일이고 불안 속에서 그 미숙함을 끝없이 지켜보는 일이기 때문이다. 「동경」 연작의 극점은 그동안 반쯤 열린 주체를 끝없이 유혹하던 멋진 '너'가 바로 '시'라는 존재에서 기인한다는 사실에 의해 도달된다. 진리를 담지하고 있는 것으로 가정되는 공간, 진리에 도달할 수 있을 것이라는 기대를 불어넣어주는 가장 근원적 공간이야말로 '시'가 아닌가.

그는 우리가 시에서 기대하는 완전함이 우리 자신과는 구분되는 것이며, 구분되기 때문에 기대되는 것임을 분명하게 인식하고 있는 셈이다. 그것을 간과할 때 반쯤 열린 주체는 닫힌 주체로 전환되며 더이상 그 간극을 사유할 수 없다. 시를 쓰고 읽는 자들에게 가장 근사한 대타자는 문학이다. 꿈꾸는 시, "그곳은 음악이 지나치게 크"고, 그래서 "목소리가 들리지 않는" 곳이다. 그래서 "원하는 만큼 팔을 모을" 수는 있지만 "모은 팔과 모은 팔이 닿지"는 않고 "어떤 동작을 취해도/아무것도 드러나지 않는다." 그렇기에 그는 자신의 시가 "그곳에서 나오지 않기를 바란다." 그렇다면 최정진의 시는 어디에 위치하는가. 이 시에서는 '그곳'이 다섯 번 등장한다. 앞의 세 번은 모두 동일하게 진실의 장소로서의 문학을 뜻하지만 마지막 두 연의 '그곳'만은 최정진 시의 시적 장소를 가리키고 있다. 그는 "장갑을 갖고/손가락들의 역할들을 나"누고, "그들이 그곳에 흩어져 있기를 바라고 찾는다." 손가락과 손가락 사이, 여러 역할들의 여백, 그 불일치에 그의 시는 위치한다. 그곳은 "너무 낮"아서 "목소리보다 발소리가 먼저 도착"하는 곳이다.

2000년대 시를 통과하며 우리는 들끓는 정념으로 가득한 이질적 타자들의 공간에서 무수히 분화되는 경험과 수증기처럼 나른하게 사라지며 자유로워지는 경험을 공유했다. 최정진의 시는 그 중간에 위치한다. 완전히 타자로 들끓는 공간으로 들어서지도 않고 자신이 완전하게 사라지는 공간으로 들어서지도 않는다. 그 두 공간이 동시에 놓치고 있는 그 비어 있는 틈에 최정진 시의 정직한 자기인식이 위치한다. 그것은 다름아닌 진리로서의 시적 공간과 그 공간을 지향하는 우리 자신 사이에 존재하는 미세한 불일치이며, 그는 그 불일치를 반복해서 경험함으로써 두 공간을 동시에 바라보는 절묘한 각도를 만들어낸다. 그곳에서 그는 "너의 입으로 너의 이름을 부르"(「숫자를 찾아가는」)는 소리를 들으며 "문을 열다 놓고 문을 닫다 놓고"(「동경 3」) 있다. 도착하지 않기 위해. 아마 어느날 "가장 높은 바닥으로//떠오른 얼굴이 있"을 것이다. "제자리뛰기를 그칠 수 없을 때까지"(「한순간 정적이었다」). 아니, 그치지 않기 위해.

張銀庭 | 문학평론가

무언가를 시도하다가 한동안 아무것도 할 수 없었다. 이
것은 아직도 무언가를 포기하는 방식으로 시작된다.

시란 무엇인가. 가장 모호한 단어를 '무엇'과 최초로 연
결했을 사람의 손끝을 상상한다.

울림이 나와 내 피부 사이 빈 공간을 지나온다. 내가 그대
들의 어떤 표정을 떠올리기를 바란다.

그대들의 목소리와 표정에. 너의 머뭇거림에. 사랑하는
아버지께. 사랑하는 어머니께.

2011년 가을
최정진

창비시선 337

동경

초판 1쇄 발행/2011년 11월 10일

지은이/최정진
펴낸이/고세현
책임편집/이상술
펴낸곳/(주)창비
등록/1986년 8월 5일 제85호
주소/413-756 경기도 파주시 교하읍 문발리 513-11
전화/031-955-3333
팩시밀리/영업 031-955-3399 편집 031-955-3400
홈페이지/www.changbi.com
전자우편/literat@changbi.com
인쇄/상지사P&B

ⓒ 최정진 2011
ISBN 978-89-364-2337-7 03810

＊이 책 내용의 전부 또는 일부를 재사용하려면
　반드시 저작권자와 창비 양측의 동의를 받아야 합니다.
＊책값은 뒤표지에 표시되어 있습니다.